AF356864

Deuxième et dernière vente

ATELIER

Paul SAÏN

ARTISTE PEINTRE

Chevalier de la Légion d'Honneur

PARIS. ━━━━ DÉCEMBRE 1910.

CATALOGUE des TABLEAUX

PAR

PAUL SAÏN

Chevalier de la Légion d'Honneur

dont la deuxième et dernière vente

aura lieu

HOTEL DROUOT (SALLE N° 11)

le Mardi 6 Décembre 1910, à 2 heures précises

◇

M° LAIR-DUBREUIL		MM. CHAINE et SIMONSON
Commissaire-priseur		Experts
6, rue Favart, 6.		19, rue Caumartin, 19

◇

EXPOSITION PUBLIQUE

Les Dimanche 4 et Lundi 5 Décembre 1910

HOTEL DROUOT, Salle n° 11, de 1 heure 1/2 à 5 heures 1/2

CONDITIONS DE LA VENTE

La Vente sera faite au Comptant.

Les acquéreurs paieront *Dix pour cent* en sus des enchères.

PAUL SAÏN

Voici déjà des mois qu'est mort à la lumière celui qui était toute vie et toute lumière; charmant, simple, débordant, souriant à tous et à tout, incarnant la gentillesse, le bon accueil, le dévouement et le sacrifice.

Et voici, aujourd'hui, son œuvre qui se disperse et qui va vers de nouveaux destins; c'est un deuil nouveau pour la veuve de l'artiste, qui a été l'inspiratrice et ses derniers chefs-d'œuvre, la compagne admirable et le soleil de sa vie, et de ses yeux.

Eh bien! je ne sais pas si ces tableaux n'ont pas pris, à la disparition du peintre, un lustre neuf et comme religieux, une patine d'immortalité. Ils y a toujours eu, de l'aveu des critiques les plus hostiles, de l'âme dans les toiles de Paul Saïn, une atmosphère métaphysique et [illegible] une sorte de [illegible] nelle et divine, la sourde et secrète harmonie du ciel et de l'eau, le subtil et secret reflet des fleurs pensives dans l'onde stagnante, la caresse [illegible] et majestueuse de la Nature, et, si j'ose dire, le merveilleux et un je ne sais quoi de l'Idéal et de la Perfection. Mais le peintre était si gai, si cordial, si aimable, si [illegible] à tous les conseils, d'une si aimable candeur, qu'il faisait son [illegible] auprès [illegible]. Comment imaginer du génie à ce [illegible] farceur, à ce [illegible], qui mettait dès le premier instant les inconnus à leur aise, incapable de [illegible], et de rire, de rire?... Aujourd'hui la grande épreuve de la mort a passé sur cette joie aimée. Les paysages se présentent eux-mêmes, en [illegible], [illegible], dans leur couleur somptueuse, dans leur beauté et leur [illegible].

Nous ne pourrons même plus regretter que les [illegible] et si [illegible] [illegible] que la main soit inerte : voilà, voilà les témoins d'une existence de travail, de [illegible], de méditation, voilà les témoins d'un clair génie, et la [illegible] [illegible] en hautes valeurs, en souples voiles, l'âme [illegible] qui ne se [illegible] pas qui se cachait sous un sourire, à laquelle il fallait le silence et l'adoration [illegible].

C'est, n'est-ce pas, un éblouissement dans la [illegible] [illegible]? Je n'avais jamais vu sites plus beaux, plus vrais, plus près du ciel, plus [illegible] au cœur, plus près de l'âme. Paul Saïn s'était fait une [illegible] [illegible] pieusement rendre visite à tous les pays de France, et se les [illegible], faisant leur portrait, en douceur et en force, les rendre en leur naturel et leur idéal : c'était sa manière, sa marque, son signe.

Regardez : voilà la Corse rouge et la Provence mauve, [illegible] [illegible], [illegible] et les beaux bleus [illegible] de la Normandie, d'émeraude et de turquoise [illegible]

Île de France en or vert et en vif-argent, voici les plus pittoresques, les plus passionnés, les plus fins coins d'ombre et de lumière qui se confessent : vous avez pas que leurs visages moussus, que leurs corps tordus, noueux, que leur sang gris ou bleu. Vous avez leur secret, vous avez leur harmonie, il n'est rien de plus poignant ; c'est toute émotion et toute beauté...

Je ne cite pas de noms ; je ne vais pas chercher si cet œuvre vaut celui de Corot, de Troyon ou de Claude Lorrain, j'attends ce que Nicolas Poussin nommait « l'équitable postérité ». Et je sais que, dès maintenant, ces toiles enchantées ont en elles, outre leur magnificence et leur enivrante et mystérieuse douceur, le sceau du Génie, qui peut attendre les suffrages des vivants, de l'Art sacré et simple, et de l'aimable et pensante Nature, qui ne ment point.

ERNEST LA JEUNESSE.

PRÉFACE

Quand je rencontrais au *Figaro* le regretté et charmeur Emmanuel Arène, je pensais, par une association d'idées inévitable, au peintre Paul Saïn. Maintenant que je vois réunis les études et les tableaux de Paul Saïn, sur le point d'être dispersés, je pense à Emmanuel Arène…

A chaque veille de Salon, en effet, cet homme d'un esprit si étincelant, qui était en même temps un homme d'un cœur très sûr pour ses véritables amis, ne manquait pas de me dire : « Surtout n'oubliez pas de regarder les envois de mon cher Paul Saïn ! » Je n'y aurais certainement pas manqué, car ces envois étaient de ceux qui ne passaient jamais inaperçus. Mais j'étais touché de ce joli trait d'amitié constante.

C'est ainsi que je sus, sans avoir jamais l'occasion de rencontrer l'artiste, quel homme séduisant, quel sympathique et plaisant garçon fut le peintre célèbre des matins argentés de l'Orne, et des soirs provençaux délicatement dorés. Je ne serai donc pas suspect à mon tour d'être influencé par une affection personnelle en disant du bien des études que je viens de feuilleter et que les amateurs de jolies choses franches, délicates et sincères vont voir bientôt passer en vente.

Toute l'intimité d'un talent sympathique, d'une bonne grâce sans arrière-pensées, d'un très simple et très tendre amour de la nature, va ainsi être livrée au public… Mais heureux le peintre qui n'a rien à cacher ! Au contraire, ces études sont insoupçonnées même de ceux qui constataient chaque année le vif succès des grands tableaux du Salon. Ceux-ci avaient fait la célébrité du peintre, celles-ci lui créeront des amitiés posthumes. Pour ma part, je regrette maintenant que les circonstances ne m'aient pas été propices pour une connaissance personnelle. Il me semble que j'aurais aimé entendre ce clair et vivant notateur d'aspects me raconter, devant ces toiles et ces panneaux intimes, sa Provence natale, sa Corse d'adoption, son Saint-Cénery de notoriété, toutes les impressions fraîches, parfumées, dont il récoltait de si jolis bouquets.

Ces petits tableautins de Bastia, avec leurs flaques maritimes de saphirs, leurs routes toutes bordées de plantes vives et sauvages, toute cette nature pour laquelle il faudrait justement, hélas! la plume d'Arène afin de la décrire avec le plaisir de la race, qui fait trouver des accents encore bien plus prenants que le plaisir des yeux, — ces petites peintures, dis-je, sont dignes de trouver leur place dans d'excellentes collections, comme l'ont fait naguère celles de Chintreuil et de plusieurs autres parmi nos meilleurs paysagistes.

J'aurais voulu le dire plus longuement, le dire mieux surtout. Mais il aurait fallu pour cela parler avec mes souvenirs, au lieu de parler comme je le fais avec ma sympathie et mon enchantement de fraiche date — et ce sont choses que vous pouvez ressentir aussi vivement que moi.

Arsène ALEXANDRE

Catalogue des Tableaux

DÉSIGNATION

1. — *A Furiani. Vieux chasseur (Corse).*
   SIGNÉ A DROITE.
   Toile hauteur ... ; largeur ...

2. — *Villeneuve-lès-Avignon.*
   SIGNÉ A GAUCHE.
   Toile hauteur ... ; largeur ...

3. — *Le Pêcheur (Normandie).*
   SIGNÉ A DROITE.
   Toile hauteur ... ; largeur ...

4. — *Paysage.*
   SIGNÉ A GAUCHE.
   Toile hauteur ... mètres ; largeur ...

5. — *Paysage.*
   SIGNÉ A GAUCHE.
   Toile hauteur ... ; largeur ...

6. — *Paysage.*
   SIGNÉ A GAUCHE.
   Toile hauteur ... ; largeur ... mètres

7. — *Le Mont Saint-Michel et Sainte-Anne-de-Chérué.*
   SIGNÉ A DROITE.
   Toile hauteur ... ; largeur ...

8. — *Matinée d'hiver. Environs de Paris.*
   SIGNÉ A GAUCHE.
   Toile hauteur ... ; largeur ...

9. — *Route blanche, en Provence.*
   SIGNÉ A GAUCHE.
   Toile hauteur ... ; largeur ...

10. — *Les Scieurs de long.*
    SIGNÉ A GAUCHE.
    Toile hauteur ... ; largeur ...

11. — L'Aude, le matin.
SIGNÉ A GAUCHE.
Toile hauteur 0^m33 ; largeur 0^m46.

12. — La Grève, à Saint-Georges-de-Didonne.
SIGNÉ A DROITE.
Toile hauteur 0^m485 ; largeur 0^m73.

13. — Le Lac de Genève, à Lausanne.
SIGNÉ A DROITE.
Toile hauteur 0^m33 ; largeur 0^m46.

14. — En Normandie. La Nuit sur le village.
SIGNÉ A GAUCHE.
Toile hauteur 0^m38 : largeur 0^m55.

15. — Le Chemineau.
SIGNÉ A GAUCHE.
Toile hauteur 0^m49 : largeur 0^m74.

16. — Le Rhône. La Tour de Philippe-le-Bel.
SIGNÉ A GAUCHE.
Toile hauteur 0^m38 ; largeur 0^m55.

17. — Les Bords de la Seine. Lever de lune.
SIGNÉ A DROITE.
Toile hauteur 0^m38 : largeur 0^m55.

18. — Le Rocher de Monaco.
SIGNÉ A DROITE.
Toile hauteur 0^m33 : largeur 0^m46.

19. — Route d'Espagne, à Escouloubre.
SIGNÉ A DROITE.
Toile hauteur 0^m33 : largeur 0^m46.

20. — Au Havre : la Côte.
SIGNÉ A GAUCHE.
Toile hauteur 0^m38 ; largeur 0^m55.

21. — Fin d'après-midi sur Avignon.
SIGNÉ A DROITE.
Toile hauteur 0^m38 : largeur 0^m55.

22. — Matinée d'hiver. Environs de Paris.
SIGNÉ A GAUCHE.
Toile hauteur 0^m38 : largeur 0^m55.

23. — Le Rocher de la Justice. Effet d'hiver.
SIGNÉ A GAUCHE.
Toile hauteur 0^m38 : largeur 0^m55.

24. — *Les Gerbes. Environs d'Orsay.*
SIGNÉ A GAUCHE.

Toile hauteur o.38 ; largeur o.55.

25. — *Le Port de Camaret.*
SIGNÉ A DROITE.

Toile hauteur o.22 ; largeur o.55.

26. — *Les Pommiers en fleurs, au printemps.*
SIGNÉ A DROITE.

Toile hauteur o.38 ; largeur o.55.

27. — *Environs de Lozère.*
SIGNÉ A GAUCHE.

Toile hauteur o.55 ; largeur o.55.

28. — *La Mare aux nénuphars.*
SIGNÉ A DROITE.

Toile hauteur o.55 ; largeur o.41.

29. — *A Saint-Georges-de-Didonne.*
SIGNÉ A DROITE.

Toile hauteur o.48 ; largeur o.73.

30. — *Les Béni-Ramassés (Algérie).*
SIGNÉ A DROITE.

Toile hauteur o.22 ; largeur o.41.

31. — *A Lozère. Environs de Paris.*
SIGNÉ A GAUCHE.

Toile hauteur o.38 ; largeur o.55.

32. — *En Corse. Sur la Route de Sainte-Lucie.*
SIGNÉ A GAUCHE.

Toile hauteur o.22 ; largeur o.46.

33. — *Au Bas-Meudon.*
SIGNÉ A GAUCHE.

Toile hauteur o.38 ; largeur o.55.

34. — *La Plage. Bretagne.*
SIGNÉ A GAUCHE.

Toile hauteur o.33 ; largeur o.55.

35. — *Environs de Paris.*
SIGNÉ A DROITE.

Toile hauteur o.38 ; largeur o.55.

36. — *Une Rue, à Constantine.*
SIGNÉ A GAUCHE.

Toile hauteur o.22 ; largeur o.41.

37. — *Les Moyettes.*
SIGNÉ A GAUCHE.

Toile hauteur 0m38; largeur 0m55.

38. — *En Corse. Brume matinale sur les oliviers.*
SIGNÉ A GAUCHE.

Toile hauteur 0m38; largeur 0m55.

39. — *La Route blanche. Environs d'Avignon.*
SIGNÉ A DROITE.

Toile hauteur 0m33; largeur 0m46.

40. — *Parc d'Issy. Environs de Paris.*
SIGNÉ A DROITE.

Toile hauteur 0m38; largeur 0m55.

41. — *L'Étang de Vaubezon.*
SIGNÉ A GAUCHE

Toile hauteur 0m38; largeur 0m55.

42. — *Une Rue, à Biskra.*
SIGNÉ A DROITE.

Toile hauteur 0m41; largeur 0m33.

43. — *L'Orne, au moulin du Vey.*
SIGNÉ A GAUCHE.

Toile hauteur 0m27; largeur 0m41.

44. — *La Plage de Toga. Corse.*
SIGNÉ A DROITE.

Toile hauteur 0m27; largeur 0m41.

45. — *Le Chemin de Lozère.*
SIGNÉ A GAUCHE.

Toile hauteur 0m38; largeur 0m55.

46. — *La Mare aux roseaux.*
SIGNÉ A DROITE.

Toile hauteur 0m25; largeur 0m33.

47. — *Arbres en Provence.*
SIGNÉ A GAUCHE.

Toile hauteur 0m27; largeur 0m41.

48. — *Le Printemps, à Orsay.*
SIGNÉ A GAUCHE.

Toile hauteur 0m38; largeur 0m55.

49. — *Environs de Ploumanach.*
SIGNÉ A GAUCHE

Toile hauteur 0 55; largeur 0 88.

50. — *En Algérie.*
SIGNÉ A DROITE.

Toile hauteur 0 38; largeur 0 46.

51. — *Le Pont Neuf, à Avignon.*
SIGNÉ A GAUCHE.

Toile hauteur 0 27; largeur 0 41.

52. — *En Corse. Le long du Chemin.*
SIGNÉ A GAUCHE.

Toile hauteur 0 33; largeur 0 41.

53. — *Les Bords de l'Orne, à Argentan.*
SIGNÉ A GAUCHE.

Toile hauteur 0 46; largeur 0 55.

54. — *Sur le Versant du coteau.*
SIGNÉ A DROITE

Toile hauteur 0 33; largeur 0 55.

55. — *Sur la Lisière de la forêt. Normandie.*
SIGNÉ A GAUCHE.

Toile hauteur 0 38; largeur 0 55.

56. — *Le Paysagiste au travail.*
SIGNÉ A DROITE.

Toile hauteur 0 33; largeur 0 41.

57. — *Le Quartier arabe, à Constantine.*
SIGNÉ A GAUCHE.

Toile hauteur 0 41; largeur 0 33.

58. — *Dans le Nouveau Port, à Bastia.*
SIGNÉ A GAUCHE.

Toile hauteur 0 27; largeur 0 41.

59. — *Arbres en Provence. Le soir.*
SIGNÉ A GAUCHE.

Toile hauteur 0 41; largeur 0 27.

60. — *Un Café maure. Algérie.*
SIGNÉ A DROITE.

Toile hauteur 0 33; largeur 0 41.

61. — *A Garches.*
SIGNÉ A DROITE.

Toile hauteur 0m33; largeur 0m46.

62. — *Route blanche, en Avignon.*
SIGNÉ A GAUCHE.

Toile hauteur 0m33; largeur 0m46.

63. — *Le Soir. Pyrénées orientales.*
SIGNÉ A GAUCHE.

Toile hauteur 0m33; largeur 0m46.

64. — *Pâturage aux environs d'Houlgate.*
SIGNÉ A GAUCHE.

Toile hauteur 0m33; largeur 0m46.

65. — *La Rentrée du troupeau, en Provence.*
SIGNÉ A GAUCHE.

Toile hauteur 0m33; largeur 0m46.

66. — *Les Chardons. Environs de Paris.*
SIGNÉ A DROITE.

Toile hauteur 0m33; largeur 0m46.

67. — *Dans le Port d'Ajaccio. Le Liban.*
SIGNÉ A GAUCHE.

Toile hauteur 0m33; largeur 0m46.

68. — *L'Yerres. Environs de Paris.*
SIGNÉ A GAUCHE.

Toile hauteur 0m33; largeur 0m46.

69. — *Lever de lune sur le Rhône, en Avignon.*
SIGNÉ A GAUCHE.

Toile hauteur 0m46; largeur 0m33.

70. — *Chez les Béni-Ramassés. Algérie.*
SIGNÉ A GAUCHE.

Toile hauteur 0m33; largeur 0m46.

71. — *Soir de décembre, en Provence.*
SIGNÉ A DROITE.

Toile hauteur 0m46; largeur 0m33.

72. — *Dans la Lande. Le Troupeau.*
SIGNÉ A DROITE.

Toile hauteur 0m38; largeur 0m55.

73. — *Arbres en fleurs.*
SIGNÉ À GAUCHE.
Toile hauteur [illegible] largeur [illegible]

74. — *Les Bords de la Marne, à Lagny.*
SIGNÉ À DROITE.
Toile hauteur [illegible] largeur [illegible]

75. — *Genêts en fleurs.*
SIGNÉ À GAUCHE.
Toile hauteur [illegible] largeur [illegible]

76. — *Route en Provence.*
SIGNÉ À DROITE.
Toile hauteur [illegible] largeur [illegible]

77. — *Les Chardons.*
SIGNÉ À DROITE.
Toile hauteur [illegible] largeur [illegible]

78. — *A l'Entrée du parc.*
SIGNÉ À GAUCHE.
Toile hauteur [illegible] largeur [illegible]

79. — *La Route du Cap, à Bastia.*
SIGNÉ À DROITE.
Toile hauteur [illegible] 27; largeur [illegible] 41.

80. — *Le Matin. Environs de Paris.*
SIGNÉ À GAUCHE.
Toile hauteur [illegible] 27; largeur [illegible] 41.

81. — *Le Soir, environs d'Avignon.*
SIGNÉ À GAUCHE.
Toile hauteur [illegible] 27; largeur [illegible] 41.

82. — *La Route de Toga (Corse).*
SIGNÉ À GAUCHE.
Toile hauteur [illegible] 27; largeur [illegible] 41.

83. — *La Cité de Carcassonne.*
SIGNÉ À GAUCHE.
Toile hauteur [illegible] 27; largeur [illegible] 41.

84. — *Dans la Barthelasse.*
SIGNÉ À DROITE.
Toile hauteur [illegible] 27; largeur [illegible]

85. — *Environs de Bastia.*
SIGNÉ A DROITE.

Toile hauteur 0^m27; largeur 0^m41.

86. — *Le Château de Chillon.*
SIGNÉ A DROITE.

Bois hauteur 0^m22; largeur 0^m33.

87. — *Le Vieil Amandier en fleurs (Corse).*
SIGNÉ A DROITE.

Bois hauteur 0^m24; largeur 0^m33.

88. — *Laitières, sur la route du Cap-Corse.*
SIGNÉ A GAUCHE.

Bois hauteur 0^m24; largeur 0^m33.

89. — *Mausolée sur la montagne. Environs de Bastia.*
SIGNÉ A GAUCHE.

Bois hauteur 0^m24; largeur 0^m33.

90. — *Un Coin de l'Orne, à Argentan.*
SIGNÉ A DROITE.

Bois hauteur 0^m24; largeur 0^m33.

91. — *En Corse. Vieille Tour génoise.*
SIGNÉ A GAUCHE.

Bois hauteur 0^m22; largeur 0^m33.

92. — *Sur la Route de la Trinchera à Sainte-Lucie (Corse).*
SIGNÉ A DROITE.

Bois hauteur 0^m22; largeur 0^m33.

93. — *A Bastia. Les Balancelles.*
SIGNÉ A DROITE.

Bois hauteur 0^m24; largeur 0^m33.

94. — *Sur la Plage, à Bastia. Un coup de " libeccio ".*
SIGNÉ A DROITE.

Bois hauteur 0^m24; largeur 0^m33.

95. — *Près de Nice. Environs de Beaulieu.*
SIGNÉ A GAUCHE.

Bois hauteur 0^m33; largeur 0^m22.

96. — *En Corse. Vieilles Masures, à Toga.*
SIGNÉ A DROITE.

97.   *A Miliana. Paysage d'Algérie.*
SIGNÉ A DROITE.

Bois hauteur — [illegible] largeur — [illegible]

98. — *En Corse. Vieux Tombeau au flanc d'un ravin.*
SIGNÉ A DROITE.

Bois hauteur — [illegible] largeur — [illegible]

99. — *Le Port de Saint-Georges-de-Didonne.*
SIGNÉ A GAUCHE.

Bois hauteur — [illegible] largeur — [illegible]

100. — *Le Quai du nouveau port, à Bastia, le soir.*
SIGNÉ A GAUCHE.

Bois hauteur — [illegible] largeur — [illegible]

101. — *Environs d'Avignon, le soir.*
SIGNÉ A DROITE.

Bois hauteur — [illegible] largeur — [illegible]

102. — *Les Amandiers dans le ravin. En Corse.*
SIGNÉ A DROITE.

Bois hauteur — [illegible] largeur — [illegible]

103. — *Dans le Port. Barque de pêche.*
SIGNÉ A DROITE.

Bois hauteur — [illegible] largeur — [illegible]

104. — *Le Vieux Chemin, à Bassieux.*
SIGNÉ A DROITE.

Bois hauteur — [illegible] largeur — [illegible]

105. — *Près de Royan.*
SIGNÉ A GAUCHE.

Bois hauteur — [illegible] largeur — [illegible]

106. — *La Vallée du Fango. En Corse.*
SIGNÉ A DROITE.

Bois hauteur — [illegible] largeur — [illegible]

107. — *A Bastia, en février.*
SIGNÉ A GAUCHE.

Bois hauteur — [illegible] largeur — [illegible]

108. — *Une Grange, aux Capannelles. En Corse.*
SIGNÉ A DROITE.

Bois hauteur — [illegible] largeur — [illegible]

109. **Après-midi de juin, en Provence.**
SIGNÉ A GAUCHE.

Bois hauteur 0^m24 ; largeur 0^m33.

110. — **A Bastia. Le donjon.**
SIGNÉ A DROITE.

Bois hauteur 0^m24 ; largeur 0^m33.